AF240075

LE DÉPART DES PRUSSIENS

I

Eclate encore en chants de fête,
O publique félicité !
De la base jusques au faîte,
Sois rayonnante, ô ma cité !
Reparaissez, vous qui, naguères,
Lorsque soufflait le vent des guerres,
A triompher ne tardiez guères,
O nos pauvres et chers drapeaux !
Et vous, dans la nuit éblouie,
Clartés, dont l'âme est réjouie,
Que votre splendeur inouïe
Du ciel efface les flambeaux !

Il luit, le jour de délivrance,
Le jour si longtemps attendu,
Où le joug qui courbait la France
A ses pieds tombe détendu ;
Le jour, où cette soldatesque,
Féroce autant que pédantesque,
Qui s'honore du nom tudesque,
Et qu'aux Huns seuls nous égalons,
Dénouant la chaîne forgée
Pour une sœur mal égorgée,
D'or et de sang assez gorgée,
Nous montre à la fin les talons !

II

— Ah ! lorsque de l'opprobre et de la servitude
Un peuple encor ne s'est point fait une habitude,
Qu'en ses veines le sang des aïeux toujours bout,
Ce n'est point, échappant au fléau qui le broie,
   Sans une explosion de joie
Que ce peuple écrasé se retrouve debout !

Mais quand le dur Teuton, ô France humiliée,
Qui t'a, pendant trois ans, au pilori liée,
De son Rhin dégagé veut bien revoir les bords,
Quand ce n'est point avec du fer que tu l'évinces,
   Mais avec deux de tes provinces,
Est-ce l'heure, dis-moi, de si bruyants transports ?

Au vainqueur, regagnant les campagnes natales,
L'arc de triomphe, ouvrant les fières capitales,
Le canon du fusil verdoyant de laurier,
Les acclamations d'une foule en délire,
   L'immortalité de la lyre,
Tous les honneurs qui font presque un dieu du guerrier.

A toi, pauvre vaincue, après ton vasselage,
Le soupir par lequel l'affranchi se soulage,
L'espérance, qui naît du sombre souvenir,
La méditation sur les causes des fautes
   Qui, pour les âmes les plus hautes,
Des débris du passé fait surgir l'avenir.

Ah ! lorsqu'à tes plaisirs deux filles adorées,
L'Alsace et la Lorraine, assistent éplorées,
Colombes que retient la serre du vautour,
Songe, songe avant tout à leur douleur amère,
   Et fais, pour les sauver, ô mère,
Sur ta récente histoire un douloureux retour !

III

Tant que les nations, dans l'ornière obstinées,
Sans jamais se lasser de traîner leur boulet,
— César qu'on déifie, ou simple roitelet, —
Par un sceptre feront régir leurs destinées,

A leurs égaux, cousins par la grâce de Dieu,
Tous ces porte-couronne, esprits philanthropiques,
Enverront des cartels, pour des duels épiques
Dont leurs sujets seront les acteurs et l'enjeu,

Et, comme les taureaux vont à la boucherie,
O pitié ! l'on verra tous ces troupeaux d'humains,
— Sans bien savoir ce qui leur met le fer aux mains,
Marcher stupidement à l'immonde tuerie,

Et, tandis que leurs corps, par monceaux entassés,
A l'âge de la force, engraisseront les plaines,
Leurs maîtres du combat reviendront les mains pleines,
Bien gais et bien intacts, sans jamais dire : Assez !

IV

Loi fatale !..... Tu viens, dans ton imprévoyance,
O ma patrie, après mille ans de royauté,
D'en faire encore, hélas ! la dure expérience !

Ah ! que par toi ce temps soit à jamais noté,
Ce temps où d'un fantoche, entre tous ridicule,
Le nom, grand par hasard, surprit ta loyauté,

Où, passant empereur, d'humble principicule,
Grâce aux torrents de sang des martyrs de la loi,
Grâce au trésor public, dont il fit son pécule,

Ce Bonaparte, né pour le plus vil emploi,
Semblable à ces Césars que flagelle Tacite,
T'inocula les mœurs d'un chef de bas aloi ?

Souviens-toi de vingt ans de pouvoir illicite,
Et du jour où, le traître osant te demander
La consécration d'un nouveau plébiscite,

France, droit de tout prendre, et droit de commander,
Jusqu'au droit absolu de t'imposer la guerre,
Tu lui concédas tout, sans lui rien marchander !

O candeur, qui démontre une âme peu vulgaire !
Ce que ce droit, aux mains de ce rusé poltron,
Te réservait de maux, tu ne le savais guère !

« Ma couronne, se dit l'impérial larron,
De ma tête bientôt va choir, si je n'avise ;
Il est temps d'y souder quelque nouveau fleuron.

Du Français belliqueux l'honneur est la devise.
Son sang, par trop bouillant, a besoin de couler....
— Par la division à mieux régner je vise.

Cette Prusse est trop forte : elle doit s'écrouler ;
Sur ses débris je veux étendre mon empire,
Mon peuple de chauvins demain va la fouler. »

Et ce cri retentit, que la démence inspire :
« O France ! l'on attente à ton droit souverain !
Aux armes ! l'Allemagne à ta perte conspire !

Aux armes ! d'un seul bond porte-toi sur le Rhin !
Va, grande nation, qui défierais le monde,
A ces fiers révoltés va remettre le frein. »

— Et la foule, toujours mobile comme l'onde,
Et les corps de l'État, utiles mannequins,
Et la tourbe dorée, autant que l'autre immonde,
Sourds à la grande voix de nos Républicains,
Acclamèrent soudain cette majesté vile,
Que n'ornaient point assez les lauriers mexicains.

« A Berlin ! à Berlin ! » hurlait la gent servile.
Et sans retard, le cœur léger, le front serein,
Matamore quitta Paris, sa bonne ville ;

Et contre un peuple entier, lourd colosse d'airain,
Immense, savamment armé, guettant sa proie,
Et qu'il allait chercher sur son propre terrain,

Le malheureux sous qui notre vieil honneur ploie,
Lança quelques fragments d'armée, éparpillés,
Ignorants du canon qui de loin les foudroie,

Des soldats courageux, d'avance humiliés,
Chez qui se relâchait l'esprit de discipline,
Des généraux de cour, illustres familiers ;

Et sans voir, l'insensé, notre astre qui décline,
— Comme l'oncle montrait le radieux Kremlin,
Il dit à ses féaux, d'une voix sibylline :
« Amis, nous fêterons le quinze août à Berlin ! »

V

O désastre inénarrable !
De la France vulnérable,
Qui tremble dans l'abandon,
L'Allemagne tout entière
Soudain passe la frontière,
Brise le léger cordon
De notre impuissante armée,
L'écrase comme pygmée,
Et nous offre le pardon !

Reischoffen ! Forbach ! défaites
Qu'à nos âmes stupéfaites
Faisait craindre Wissembourg !
Que de malheurs vous suivirent !
Que de haines s'assouvirent
Jusqu'au fond du moindre bourg !
Que de sang et que d'alarmes,
Pour qu'à leur patrie en larmes
On volât Metz et Strasbourg !

Follement développée
L'impériale épopée
Enfin touche au dénouement !
Lorsqu'à d'innombrables reîtres
Viennent en aide des traîtres ;
Que peut l'obscur dévoûement ?
Gravelotte en vain l'emporte,
Sedan, dont s'ouvre la porte,
Montre l'immense échouement.

VI

Il tombe, chargé d'anathème.
Dans une mer de sang il tombe, ce pouvoir,
Qui, du sang, reçut le baptême,
Et qui courait au sang, ainsi qu'à l'abreuvoir !

Il tombe, ce fangeux empire !
Il tombe, et tout encor peut-être racheté;
        Et la France un moment respire,
L'ayant, dans un hoquet, à la fin, rejeté !

        République ! ô sainte immortelle !
C'est à toi que ce peuple enfant, et déjà vieux,
        Confie encore sa tutelle,
— Dont aucun prétendant ne serait envieux !

        De ce qui lui reste de forces
Dans ta robuste main tu serres le faisceau,
        Et, bon pilote, tu t'efforces
De bien remettre à flot l'infortuné vaisseau.

        Mais, d'une lutte fratricide,
Où tu vas engager ton dernier combattant,
        Avant que le canon décide,
Ta voix ainsi s'adresse au vainqueur insultant :

« La République, ô roi ! te tend sa main amie;
Arrête ici le cours de tes sanglants succès.
        Cette guerre est une infamie.
Tout l'or que tu voudras, mais rien du sol français ! »

« Soumets-toi, te répond ce modèle des princes,
Dans mes Etats, je suis encor trop à l'étroit.
        Il me faut deux de tes provinces ;
La force, apprends-le bien, chez moi, prime le droit. »

VII

C'est bien ; à tes vaincus prodigue ainsi l'offense,
O Prusse, tu vas voir l'héroïque défense
        Et le réveil soudain
D'un peuple généreux, d'un peuple magnanime,
Que de son souffle ardent la République anime,
        Qui meurt avec dédain !

Oui, voici seulement que commence la guerre,
— Pour abattre l'empire il t'a suffi naguère
        D'un seul mois de combats,

Maréchaux, officiers, soldats, en longues files,
Drapeaux, canons, fusils, ont encombré tes villes ..
      Tu ne les comptais pas.

La France, à qui partout l'on refuse assistance !
La France maintenant, pour toute résistance,
      N'a plus que ses conscrits.
— Gardes nationaux, francs-tireurs et mobiles;
Des ombres d'escadrons, des bataillons débiles,
      Que tu prends en mépris !

Temps, argent, tout nous manque; épuisés que nous sommes,
Il ne nous reste plus pour lutter que des hommes,
      Armés de volonté.
Mais cette volonté va faire des prodiges;
Les aïeux vont revivre, eux, dont les grands prestiges
      Font le cœur indompté !

Des populations, hier encore alarmées,
L'esprit républicain fait surgir quatre armées,
      Et les pousse au bandit.
Paris, qui se réveille au saint contact du glaive,
Prêt à braver la faim et les obus, se lève
      Et chaque jour grandit !

Que tardes-tu ? Voilà les lauriers que tu quêtes,
Noble Prusse ! poursuis tes rapides conquêtes,
      Va, comme un ouragan,
Disperse aux quatre vents ces troupes surmenées,
Et, dans un mois au plus, au pied des Pyrénées,
      S'arrêtera ton camp !

Tout combat pour ta cause, en ce combat suprême :
Et de notre armement l'insuffisance extrême,
      Et nos chemins ouverts,
Et tant de chefs, non moins que leurs soldats novices,
Qui font à la patrie acheter leurs services,
      Au prix de ses revers.

Et de tant de Français la coupable apathie,
Et tant d'autres, baisant la main qui les châtie,
          Affolés de terreur,
Et les partis entre eux luttant à toute outrance,
Et Bazaine, livrant une ville et la France,
          — Comme son empereur !

Enfin, l'hiver, nouvel allié de la Prusse !
Comme en mil huit cent douze, hélas ! c'est l'hiver russe,
          L'impitoyable hiver,
Dont l'étranger ressent à peine la morsure,
Mais qui frappe nos rangs d'une atteinte plus sûre
          Que l'atteinte du fer !

Roi de Prusse — à présent rien ne t'est impossible —
Eh bien, tu peux lancer ton armée invincible
          Sur ce peuple aux abois !
Roi Guillaume, en qui va renaître Charlemagne
Pour l'écraser, bientôt de toute l'Allemagne
          Il te faudra le poids.

Ce peuple, qui te hait plus qu'il ne te redoute,
Dans son fier dénûment, tu le vaincras, sans doute.
          C'est la fatalité !
Mais, avant de tomber de son glorieux faîte,
La France te fera payer cher sa défaite
          Et ton avidité !

Nos chefs républicains, qu'exaltera l'histoire,
Feront plus d'une fois hésiter la victoire
          Par un effort hardi :
C'est Chanzy, c'est Faidherbe, et, héros d'un autre âge,
C'est surtout ce cœur pur qui grandit sous l'outrage,
          L'ardent Garibaldi !

Et, lorsque le vaincu te rendra son épée,
Elle t'aura coûté, cette illustre épopée,
          Six longs mois de combats ;
Et Paris, dont toujours la splendeur te domine,
Paris, tu le prendras, oui, — mais par la famine,
          Par la force, non pas !

VIII

Guerre atroce et féconde, où la France amollie
Qui, des plus saints devoirs semblait se faire un jeu,
Était toute au plaisir, son méprisable dieu,
A de l'amour du trône expié la folie,
Et s'est purifiée, ainsi que l'or au feu !

Où l'Allemagne, après avoir jusqu'à la Loire
Etendu son épée et son fisc rançonneur,
Ayant peine à cuver cet excès de bonheur,
A fini, chancelant sous le faix de sa gloire,
Par laisser quelque peu de son antique honneur !

Guerre unique en ce siècle, où s'est bien fait connaître
Cet honnête Germain, ce Germain si profond !
— O révélation, où l'esprit se confond !
La victoire si bien a troublé tout son être,
Que, comme après le vin, on en voit tout le fond.

« Il est de pacifique et loyale nature,
Le voisin d'outre-Rhin, disait avec candeur
Le Français, oublieux de son esprit frondeur,
C'est en somme une bonne et brave créature,
Qui peut manquer d'éclat, mais non point de grandeur.

Dans ses us surannés volontiers il s'encroûte ;
Il a l'esprit léger, — léger comme le plomb ;
Il est lent, roide et grave ; au culte du houblon
Il sait associer l'amour de la choucroûte ;
Nul mortel ici-bas n'a l'intestin si long.

Chez lui les vieilles mœurs conservent leur empire ;
C'est là qu'on sait le prix de la moralité !
Le foyer domestique est la réalité !
C'est pour ce peuple, en qui le pur amour respire,
Que fut créé ce mot : *Sentimentalité* !

Là, les bons jeunes gens, amants mélancoliques,
Sans beaucoup se presser d'arriver à leurs fins,
A leurs Gretchens, tendrons aux cheveux blonds et fins,
Soupirent noblement de tendres bucoliques,
Dans des lieds dont seraient jaloux les séraphins.

Leur seule ambition semble être la science.
— Ces savants, par malheur, sont quelque peu pédants :
Pédants naïfs, de tous les plus outrecuidants.
Leur génie est étroit, et fait de patience ;
Abrupt est le dehors, solide est le dedans.

De la métaphysique et de la rêverie
Ils ont fait et refait le tour aventureux.
Jean Paul l'a dit : C'est là l'empire ténébreux
Que leur a du Destin laissé la loterie.
— A proprement parler, ce sont des songe-creux. »

Qu'en dis-tu maintenant, mon bon Jacques Bonhomme ?
De ton cousin Michel est-ce encor le portrait ?
Pour le moins il y faut ajouter quelque trait :
L'hypocrisie en lui reconnaîtrait son homme,
Et dans son cœur à nu l'envie apparaîtrait.

Ce modèle accompli des vertus domestiques,
D'un droit nouveau ce brave et loyal champion,
Au royal jeu d'échecs très-utile pion,
Tu l'as vu, remplissant ses devoirs élastiques,
Faire, très-honoré, le métier d'espion.

Cinquante ans, — de ceci que pensera le monde ?
Tu l'as vu, comme un frère, admis à ton foyer,
— Lui qui jamais ainsi ne s'était vu choyer !
A loisir préparer sa trahison immonde,
De l'hospitalité rare et digne loyer !

Endors-toi, maintenant, la haîne est là qui veille,
La haîne d'un avide et tenace ennemi !
Quand il se sera bien dans son plan affermi,
Le renard se fera provoquer, — ô merveille !
Par l'oison, dans la peau du vieil aigle endormi.

Renards et loups ! Voici que d'ombre et de silence
Prenant soin de couvrir leurs pas, furtifs, rampants,
Ils glissent sous les bois, ainsi que des serpents...
Dix contre un, tout à coup leur noir ramas s'élance...
Ah ! ce sont des héros ! — héros de guet-apens !

« Dans les conflits humains tout est problématique,
Se sont dit ces prudents et grands tacticiens.
C'est ici qu'il s'agit d'être logiciens.
Nous ferons de la guerre un art mathématique;
Pour soldats, nons aurons des mécaniciens!

Sur le terrain, le nombre est chose capitale;
Mais que d'autres moyens de fixer le succès!
Grâce à Krupp, nous serons de difficile accès.
Fi de la baïonnette! elle est par trop brutale,
Et, pour la manier, il n'est que les Français!

Des remparts, à quoi bon la brèche et l'escalade?
Sous des milliers d'obus, au trajet bien réglé,
Au ras du sol bientôt tout tombe nivelé.
Sans un membre entamé, sans une estafilade,
Des villes, c'est ainsi que l'on reçoit la clé. »

— Vous êtes avisés, et vous êtes atroces,
O reîtres, que cachait un masque grimacier!
Esprit, cœur et canons, chez vous tout est d'acier.
C'est naturellement que vous êtes féroces,
Et la science sert votre instinct carnassier.

Allons, braves guerriers, pas de miséricorde !
— Ce Français, au mépris de votre autorité,
De défendre la France eut la témérité...
Economes de plomb, prenez un bout de corde
Qu'il meure ! Ainsi le veut votre sécurité !

Quoi ! des coups de fusil auprès de cette ville !
Vite, un exemple! il faut inspirer la terreur !
Que la torche en ses murs promène sa fureur !
Il faut qu'à ces clartés cette race incivile
De son patriotisme aperçoive l'erreur !

Légitime est l'arrêt que l'intérêt motive :
Vengez-vous noblement d'un glacial accueil !
Des premiers citoyens humiliez l'orgueil !
Poussez-les tour à tour sur la locomotive
Qui, sans eux, pourrait bien vous conduire à l'écueil !

Contre tout accident et tout risque de guerre,
Pour garder des vaisseaux que l'on peut capturer,
Heureux qui peut trouver moyen de s'assurer !
Votre moyen à vous, certes, n'est point vulgaire ;
Vos ôtages au plus pourraient en murmurer.

Vite, sus aux goussets, vaillants hommes de proie,
Tirez-en savamment jusques aux derniers liards !
Et s'ils disent un mot, ces Welches si criards,
Faites leur mieux sentir le talon qui les broie !
A vos gros appétits il faut des milliards.

Allez ! que l'on vous juge à votre instinct rapace !
Pillez ! — Si l'on en croit plus d'un esprit moqueur,
Nos pendules surtout vous iraient droit au cœur...
Sur les moindres objets, allez, faites main-basse !
Chargez-en des fourgons ! c'est le droit du vainqueur.

IX

Ainsi, ces exploits homériques,
O fils d'Hermann, vous les avez réalisés !
Ainsi, vos succès numériques,
Très-savamment vous les avez utilisés !
Hauts faits dont ne sont points capables
Ces vils Français, ces grands coupables,
— Pour n'être point encore assez civilisés :

C'est bien, déployez vos bannières,
Et d'un riche butin chargés, à pleins fardeaux,
Rentrez dans vos nobles tanières,
Hobereaux d'outre-Rhin, burgraves féodaux !
Et vous, soldats, chair à mitraille,
Jetez toute cette ferraille,
Et sous votre ancien bât courez courber le dos !

En vain les périls de la guerre,
Et l'honneur qui s'attache aux plis du saint drapeau,
Teutons, vous relevaient naguère,
Il vous faut maintenant, redevenus troupeau,
Dans votre servilité plate,
Lâchement tendre l'omoplate
Au bâton infamant qui vous meurtrit la peau.

Allez, regagnez vos campagnes,
Et les tripots de Bade, et tous ces lieux maudits,
Récompensés par vos compagnes,
Et peut-être, ô malheur! par l'Europe applaudis!
La France, en pleine renaissance,
A pour vous la reconnaissance
Qu'on a pour la vermine, en quittant un taudis !

X

Eh quoi ! pour venger ces sanglants outrages,
Français, ce serait assez du mépris !
Ah ! nous saurons bien en payer le prix,
Si la peur n'a pas dompté nos courages.
— C'est du sang qu'il faut, pour de tels outrages !

La haîne est semée; elle germera.
Remplis bien nos cœurs, haîne consommée !
Et cent fois malheur à qui t'a semée !
Ce n'est point à tort qu'il s'alarmera.
La haîne est semée, elle germera.

Et ton jour viendra, Justice éternelle !
Mort à ces Germains, à jamais haïs !
Si nous succombons, de nouveau trahis,
Nos fils reprendront l'œuvre paternelle.
Oui, ton jour viendra, justice éternelle !

Et nous combattrons le combat sacré,
Et sous notre fer, ces Huns, ces vandales,
Bientôt expieront leurs dols, leurs scandales,
Et le sang d'un peuple hier massacré !
Oui, nous combattrons le combat sacré !

D'un côté le droit, de l'autre la force !
Toujours le passé contre le présent !
Suprême duel ! l'esprit malfaisant
Contre l'esprit pur vainement s'efforce...
A la fin le droit primera la force.

Les peuples n'ont jamais demandé qu'à s'aimer.
Les rois seuls dans leur sein s'empressaient de semer
    Les maux que la haine amoncèle.
Mais béni soit le ciel ! — Comme la paille au vent,
Voici que rois et maux disparaissent devant
    La République universelle ! »

E. BERHER.

Epinal, août 1872.

Epinal. — Imp. BUSY Frères.